삶이
꼭
그랬다

이철우 시집

차례

제3장

삶이 꼭 그랬다

제4장

산다는 건 사랑하는 일이다

시는 화합물이다. 감흥과 사상이 언어와 반응하여 생성되는 결합물이다. 시는 노래처럼 외쳐 부를 수도 없고, 그림처럼 아름답게 채색할 수도 없다. 오직 하얀 백지 위에 문자라는 표현 수단만을 사용하는 가장 간결한 예술 행위다. 그러나 시에는 단어마다 행간마다 시인의 치열한 고뇌와 내밀한 마음이 녹아 있다. 그렇기에 좋은 시는 시대를 뛰어넘어 사람들에게 늘 감동을 준다.

요즘 시는 너무 어려워 읽히지 않는다고 한다. 읽히지 않으니 독자들로부터 외면당한다. 어디선가 본 어느 평론가의 말을 나는 지금도 또렷이 기억하고 있다. '이 세상의 많고 많은 일 중에 왜 하필 당신은 시를 쓰는가? 그럼에도 불구하고 왜 남들이 이해하지 못하는 시를 쓰는가?'라는 말이 가슴에 쩍 달라붙었다. 하여, 나는 내추럴리즘 적이면서도 과도한 꾸밈이나 비유 없이 삶에서 체득한 심상과 경험들을 토대로 진솔하게 시를 쓰고자 했다. 그리고 자연이나 인생사에서 느낀 자극을 함축적이고 운율적으로 표현하는 시의 본질에 충실하면서 나만의 감각으로 아우라(Aura)를 살려 읽고 나면 여운이 남는 시를 쓰고자 성심을 다했다.

벚꽃잎 떨어져 꽃비 내리더니 지금은 산천에 아카시아 꽃 흐드러지고 그 향기 공중에 그득하다. 초록빛 만연한 창밖을 바라보노라니 밀가루 반죽 부풀 듯 실없이 가슴이 들뜨고 벅차오른다. 하릴없이 저 들녘으로 나가야겠다. 그리고 몸살이 나도록 걸어야겠다.
독자 여러분들의 행복을 빌며… 오늘을 산채로 흘려보내어 썩게 하지 마시고 활활 태워 가을이 오면 꽃이 진 자리마다 열매 맺듯, 삶의 결실이 풍성하길 기원한다.

시인 이철우

제1장

그대 가슴엔
무엇을
심었는가

다시 사랑으로

산불이 지난 자리
봄 오고 비 내리더니
검은 재 비집고 태초처럼
생명이 움튼다

잊기로 한다
불꽃 같은 맹세를 저버린 사랑과
애먼 날들의 서러운 기억들을
최후로 나를 용서하기로 한다

재가 된 땅이 다시 기름진 옥토가 된다

남은 한 덤불 미련마저 살라버리면
잿가루 날리는 무한한 여백 펼쳐지리니
미련토록 눈물 적시면
꽃피리 꽃피리
다시 파아란 새날 돋으리

한종신限終身

그때까지 사랑을 하고
그때까지는 꿈길을 걷자

사랑에 완성은 없다
끊임없이 아름답게 가꾸는 것이다
꿈은 허겁지겁 달려가
움켜쥐는 것만이 전부가 아니다
뜨겁게 벅차게 일평생 갈 길이다

다시 되돌릴 수 없는 건 소멸하는 것
생성되는 것은 오직 미래뿐

그때까지 사랑을 하고
그때까지는 꿈길을 걷자

다시 사랑으로

산나물과 버섯이 많이 자생하던 산이 산불로 인해 새까맣게 타버리고 말았다. 다시는 회복되지 못할 것 같았다. 유난히 비가 잦았던 그해 봄, 놀랍게도 검은 재를 비집고 초록의 새싹들이 돋아 올랐다. 마치 태초에 지구에서 처음 생명체가 발아하는 것처럼 경이로웠다. 그것을 바라보며 모든 걸 잊고 나 자신까지 용서하기로 했다. 다 타버린 산에도 봄비 적셔지니 새파란 생명이 솟아나듯 재가 된 내 가슴에도 용서와 회한의 눈물로 흠뻑 적셔주면 다시 희망찬 삶이 열리겠지. 그리고 다시 사랑도 하게 되리라.

한종신(限終身)은 부사로 죽을 때까지란 뜻이다. 살아있는 동안 가장 소중히 간직하며 지속해야 할 것은 무엇인가? 아무리 생각해봐도 그것은 꿈을 가지고 그 꿈길을 따라 살아가는 것, 그리고 주위의 사람들과 세상을 사랑하는 일이었다. 한때 열렬히 사랑하였다고 사랑을 다 한 것이 아니며, 한 꿈을 이뤘다고 목적 없이 살아서도 아니 된다. 죽는 날까지 사랑하고 꿈을 꾸며 사는 삶이 진정 성공한 삶이요, 행복한 삶이 되리라.

한종신限終身

매미

창틈에 한목숨이 바스라져 있다
추깃물은 증발하고 육탈한 몸뚱이는
바람에 한 꺼풀씩 떨어져 날린다
구애하던 칼칼한 정염의 노래는
내 귓전에 이명으로 공명하는데
목청으로 빠져나간 생의 기운이 다할 무렵
캄캄한 땅속의 기억에 진저리치며
환한 불빛 새는 창가에서
지친 날개를 영구히 접었구나
생의 결국은 이토록 쓸쓸하다는 것을
느껍게 사무쳐 달빛 이우는 창가에서 서성대나니
너를 위하여 이 밤은 지새도록 불 밝혀 두마
승냥 옆에 켜 놓은 촛불처럼

동경

이생(生)에 묶인 사슬 풀어진다면
다시 한번 첫울음을 터트릴 수 있다면
초록에 짓쳐 들어 초록에 스며들어
어느 적학한 산에 가서 살겠네
사랑의 갈망이 미치게 해도
푸른 산천 넓은 품에 안기우겠네
광채육리 눈부신 네온의 거리를 떠나
골마다 가득 찬 달빛
풀벌레 단조음 우는 소리 따라
가슴을 풀어 고락을 노래하겠네
무수한 별무리들 몰려와
양치기자리 처녀자리 제 자리를 찾으면
공중에 담뿍한 별빛에 펜을 적셔
나는 금옥성을 짓겠네

매미

환한 달빛 때문인지 잠이 오지 않아 뒤척이던 깊은 밤, 창문을 열고 먼 산을 바라보다가 매미 한 마리가 창틈에 죽어 있는 것을 보게 되었다. 손으로 만져보니 너무 메말라 날개며 몸뚱이가 바스러져 내렸다. 지난여름, 귓전에 이명이 생길 만큼 쨍쨍하게 울어대더니 생의 마지막 날갯짓 힘없이 퍼덕이다가 이곳에 떨어져 홀로 쓸쓸히 죽어갔구나. 황막하지 않은 죽음 어디 있으랴. 내 생의 결국도 너처럼 그러할까?

추깃물 : 시체가 부패될 때 나오는 물
육탈 : 시체의 살이 썩어 뼈만 남음
숭냥 : 제사상에 올리는 물

너무 낭만적이고 철없는 생각일까? 먼 산을 바라보면 늘
떠나고 싶다. 푸른 자연의 품속에서 푼더분하게 살아 보고
싶다. MBN의 인기 프로그램인 〈나는 자연인이다〉에 나오
는 주인공처럼. 사람이 그립고 고독하기도 하겠지. 그리고
사랑도 하고 싶겠지. 하지만 고독과 사랑에 대한 갈망도
푸른 자연 속에서 살 수 있다면 그 즐거움으로 모두 감내
할 수 있을 것 같다. 그러나 어쩌랴. 세상에 맺어놓은 인
연의 끈에 책임을 다해야 하니. 언젠가 이 사슬 풀어지면
꼭 떠나리라. 저 푸름 속으로 스며들어 한 마리 짐승처럼
자유로이 살아 볼 것이다.

바람의 흔痕

청보리 넘실대는 언덕 위로
바다 저 너머서 네가 오는구나
물꽃 피우며 매상 달려오는구나

온 산에 나무들이
온 들판에 풀들이
너로 인해 살 맞대며 한 몸같이 춤추고
품에 안은 씨앗을 이리저리 흩뿌려
세상을 푸르게 일구더구나
네가 천사같이 하얀 옷을 입으면
비가 내리고 꽃잎 벙글더구나

하늘에 구름도
아침에 자욱한 안개도
화장터 굴뚝에 치솟는 연기도
모두 네가 가는 길로 함께 가더구나

아 청보리 넘실대는 언덕을 지나
네가 가고 또 오는구나
모든 게 다 한 줄기 연기처럼

바람이 된다고 귓전에 속삭이며
네가 스쳐 가는구나

굴곡의 속성

1
몸을 돌돌 말아 똬리를 틀고 먹이를 노리는 뱀이나
목이 달아나도 꿈틀대는 장어처럼
푸른 잎을 매단 나무가 바람에 휘어지는 것처럼
살아 역동하는 것은 곡선의 속성이 내재 되어 있다

2
가만히 누워 몸을 곧게 펴면 일직선이 된다
생명유지장치에 붙들리어 길을 떠나지 못한 영혼들이
서성대는 소독약 냄새 가득한 중환자실
영별의 통곡은 직선에서 시작된다
삐이이이
파동 치던 심전도 웨이브가 일직선이 되자
하얀 천이 드리워지고 심장박동기의 직선은
봉분의 형상같이 한 점으로 끝을 맺는다

3
풀을 베는 낫은 녹슬지 않고
활대가 크게 휘어질수록 화살은 멀리 날아간다
파란 많은 사랑이 애절하여 아름답고

굴곡을 넘어온 삶에 갈채가 있다
쓰러지지만 마라 꿈틀대며 살아 있으라
나락의 바닥에서 웅크려 흐느끼는 사람아
절망이 억누른 그 탄성의 반력으로
희망의 언덕으로 다시 솟구칠 때까지

바람의 흔痕

흔은 흔적의 흔(痕)자로 어떤 것이 남긴 표시나 자취를 의미하는데 간혹 외자로 쓰기도 한다. 해맞이 명소로 유명한 대보면 구만리에 가면 바다가 내려다보이는 넓은 청보리밭 둔덕이 있다. 사시사철 바람이 불어대는 그 언덕에 물끄러미 앉아 있노라면 시작과 끝의 근원인 바람의 흔적이 보인다. 먼바다에 하얗게 일어나는 물보라가 그러하고, 나무와 풀들이 흔들리는 것도 바람의 자취이다. 광활한 산이 무성한 숲이 되어 번성하는 것도 바람이 씨앗을 흩날려 놓고 하얀 구름 몰고 와 비 내려준 까닭이다. 우리도 언젠가는 바람이 된다. 그리하여 화장터 굴뚝에 치솟는 연기가 바람 따라 흘러가듯 바람이 되어 온 세상을 주유하게 되리라.

고난도 없이 평지만 걸어가는 인생이 어디 있으랴. 아픔 없이 얻는 사랑이 또 어디 있으랴. 인생은 굴곡의 길이다. 중환자실의 심전도 그래프가 살아있으면 곡선이고 생명이 끊어지면 일직선이 되듯 쓰러지지만 않으면 또다시 길은 있다. 희망을 내팽개치지 않으면 다시 싹은 돋는다. 아프고 아파 흐느끼는 당신은 지금 더 멀리 뛰기 위해 웅크렸을 뿐이다.

꿈나무

나무는, 저기 저 푸른 나무는
흙 속에 뿌리를 내려 자라고

꿈은, 인생의 꿈은
가슴에 뿌리를 박고 있어서
땀과 눈물을 먹고 자라나니

그대 가슴엔 무엇을 심었는가
심은 것이 잘 자라게
오늘도 흠뻑 적셔주고 있는가

귀산歸山

지금은 돌아가나
나중에는 영원히 머물러 있겠네

가쁜 숨을 몰아쉬며 낙엽을 밟으나
이 생명 지고 나면 낙엽 아래 잠들겠네

묻어 있는 흙을 털고 내려오지만
끝내 나는 돌아와서 흙이 되겠네

나는 산이 되겠네

꿈나무

사람들이 내게 인생에서 가장 좋아하는 말이 뭐냐고 물으면 나는 주저 없이 말한다. '마음속에 꿈을 구축하라. 그러면 그 꿈이 당신을 만들어 나갈 것이다.' 라고. 사람이 사는 건 생각대로 살지만, 인생길은 꿈의 길로 흘러간다. 가슴속 심장이 멈추면 생명이 죽고, 가슴속 꿈이 죽으면 미래가 죽는다. 꿈은 반드시 성취하느냐 못하느냐의 문제가 아니다. 꿈을 가지고 살아간다는 그 자체가 중요하다. 아무리 생각해봐도 가슴속에 아무 꿈이 없다면 그저 하루하루를 소모하며 죽음을 향해 뚜벅뚜벅 다가가는 것 외에 무슨 의미가 있는가? 가슴에 작은 꿈이라도 하나 심어 놓고 그 꿈나무를 키워보자. 더러는 힘들어 땀과 눈물을 흘릴지라도 그 눈물과 땀을 먹고 쑥쑥 자라는 꿈을 볼 때 거기에 삶의 기쁨과 희열이 있지 않겠는가.

사람들에게 잘 알려지지 않은 좋은 산이 있다는 소문만
듣고 홀로 등산을 나섰다가, 길을 잃고 헤매다 목적지에
이르지 못하고 되돌아오는 길이었다. 온종일 산길을 걸었
기에 몹시 지친 터라 바위에 앉아 잠깐 쉬기로 했다. 서산
으로 해는 뉘엿뉘엿 지고 노을이 핏물같이 붉었다. 물 한
모금 마시고 바지에 묻은 먼지를 툭툭 터는데, 순간 '나는
지금 집으로 내려가고 있지만 먼 훗날 결국 산에 묻혀 흙
이 되고 흙이 되면 산의 일부가 되고 말겠구나.' 라는 생
각이 들었다. 그때 바위에 앉아 그 허허로운 느낌을 글로
옮겼다.

그대 머무는 하늘도 푸르른가

산들바람에 코스모스가
서로 얼굴을 부벼 대고
부둥켜안은 고추잠자리
한 쌍이 맴을 돈다

단풍드는 숲에는
여태 짝을 찾지 못한 매미가
목이 다 쉬도록 울어대고 있다

가을로 치닫는 파아란 하늘
기다림조차 체념해버린 빈 가슴 키질하여
남루한 한숨 몰아쉬며 바라보는 그곳에
보고픈 그 사람 살결 같은 하얀 구름 한 조각

그대
이 가슴을 비수 같은 그 손으로 쿡 찍어내어 보라
성성한 그리움이 시퍼렇게 묻어나리니
그대 머무는 하늘도 푸르른가
그대 서성이는 들녘에도 가을이 오는가

단풍

농농히 푸른 하늘 아래 금빛 대지, 그 사이로 가득 찬 햇살
길 턱 지나 들국화 난만한 언덕 아래로
솔솔바람 불어오는 물비늘 눈부신 강 너머 산야에
나붓나붓거리는 붉고 노란 단풍잎
물끄러미 바라보노라니 가슴이 무르녹는다
한잎 두잎 수만 잎사귀마다
푸른 숨결로 온 창공 맑혀놓고
풀벌레들에게 제 살결마저 내주더니
제 할 일을 다 하고 떠나는 사람의 뒷모습처럼
소명을 다했기에 마지막 모습이 스스로 아름답다

그대 머무는 하늘도 푸르른가

가을이 깊어지면 단풍잎만 더 진해지는 게 아니다. 쓸쓸함
과 함께 그리움도 더욱 짙어진다. 끝내 떠나버렸던 사람,
더러는 그리움만큼 야속하고 원망스럽기도 하다. 파란 하
늘처럼 내 가슴도 그대로 인해 시퍼렇게 멍들어 있나니
외면하던 그 손으로 내 가슴을 쿡 찌르면 하얀 손 시퍼렇
게 물들어질 거야. 지금은 어느 하늘 아래 살고 있는가.
그대 머무는 그 하늘도 푸르른가. 그대 서성이는 그 들녘
에도 가을은 오는가.

28

자연의 모든 만물은 자연계의 원리와 법칙에 따르고 살아
가는데 왜 사람만은 끊임없이 정체성에 의문을 갖고 방황
하는가? 아마도 뚜렷한 소명을 찾지 못한 까닭이 아닐까?
자연은 고결하다. 단풍 든 나무만 봐도 그렇다. 푸른 잎으
로 맑은 산소를 만들어 가을 하늘을 시리도록 파랗게 맑
혀놓고, 제 살결마저 내주어 온 산천에 풀벌레며 짐승들을
살찌워 놓더니 낙엽 되기 전에 저 스스로 붉고 노랗게 단
장을 한다. 제 할 일을 다 하고 갈채를 받으며 떠나는 사
람의 뒷모습처럼 소명을 다한 모습은 누가 꾸며주지 않아
도 스스로 아름답다.

약수터에서

오만 잡것 뒤섞인 물이
바위틈 헤집고 흙 속을 비집어
제 몸만 겨우 빠져나와야
맑은 샘물이 된다
흘러 흘러가는 게 인생이다
생이 점점 아름다워지려면
돌아보며 뒤돌아보며
자꾸만 버리고 떨쳐내야 한다
다 비우고 마음 하나만
오롯이 가꾸어야 한다
되새기는 진리로
세월의 가르침으로 거르고 걸러
맑은 영혼을 내놓아야 한다
생의 결이 점점 고와지려면

가을 만가

지는 낙엽들을 위하여
영전에 놓인 꽃같이
눈시울 붉은 여상주 소복 치맛자락같이
산천에 흰 국화 만발하다
불구의 길에서 서성대는 이생은 어디쯤에서 질까
우우 우우우 우우우 우우우

그루터기만 남아
향연같이 연무가 피는 들녘
허수아비 낡은 옷자락
만장같이 펄럭인다
다시 꽃피고 무르익어도
기억 속의 시절들 다시 오진 않을테지
우우 우우우 우우우 우우우

새 한 무리 날아가 버린 텅 빈 하늘
불온했던 날들에 얼비치는 얼굴 얼굴들
바람이 되는 길자욱마다 쓸쓸한데
그 누가 뒤에서 외쳐 나를 불러주랴
우우 우우우 우우우 우우우

여러 불순물이 여과되어 맑게 솟구쳐야 샘물이 된다. 바위
틈을 지나 흙 속을 비집어 오롯이 제 몸만 빠져나왔기에
샘물은 명경처럼 맑다. 나이가 들어보니 알겠다. 탐욕과
욕심, 부질없는 생각과 앙심으로 삶을 얼마나 흐리게 만들
었는지…. 이제 내게는 삶으로 체득한 세월이라는 거름막
이 있으니 가르고 걸러 남은 생 고와지도록 영혼을 맑혀
놓아야겠다.

가을은 쓸쓸하다. 쓸쓸하기에 가을은 그토록 많은 시인의 시제가 되나 보다. 정현종 시인은 '가을은 우리의 정신을 무한 쓸쓸함으로 고문하는 계절'이라 했다. 마음이 외로운 어느 가을날, 연무가 피는 들녘 지나 흰 국화 난만한 둔덕 위로 붉고 노랗게 물들어 가는 단풍을 바라보노라니 마지막 때를 위하여 스스로 곱게 염하는 것 같았다. 나도 언젠가 낙엽 될 텐데, 지고 말 텐데. 허무한 생이여, 더 살뜰하게 살아내지 못한 지난날들이여, 그리운 얼굴들이여….

가을 만가

수의

가격표
칠십 이만 원, 팔십 구만 원, 백이십 만원
누런 삼베옷 세 벌 나란히 전시되어 있네
언젠가는 입어야 하는 옷
그러나 내 손으로 입지 못하는 옷
꼭 한번 입고서 영원히 입는 옷
움찔하며 보다가 붙박여 보느니
버성긴 올 사이 걸러지는 지상의 시간들
울울창창하던 날들과
탐닉의 순간들은 흔적도 없고
애써 미루어둔 통회의 덩어리만 남아
명징하게 보이네

조문 간 어느 장례식장 입구에
나란히 전시된 누런 베옷 세 벌

한적한 지방 소도시 외곽의 장례식장에 조문을 간 적이
있다. 왁자지껄한 소음과 알코올 냄새가 스며 나오는 계단
을 따라 내려가 홀로 들어서려는데, 입구에 가격표가 붙은
수의 세 벌이 나란히 전시되어 있었다. 흠칫했다가 잠시
우두커니 서서 바라보았다. 언젠가는 입어야 하는 옷, 그
러나 내 손으로 입지 못하는 옷, 꼭 한번 입고 영원히 입
는 옷. 올이 듬성듬성한 저 삼베로 내 삶을 거르면 무엇이
남을까? 한참을 서서 바라보노라니 희희낙락했던 일들은
간곳없고 아직도 용서하지 않은 것과 용서를 구해야만 하
는 일들이 무거리가 되어 또렷이 보였다.

제2장

빛나고
고운 때가
가장
아팠다

청춘

바람이 불자 소리도 없이 꽃잎이 졌다
한 소절 유행가에도 애상 울컥 솟구치는 흰 머릿결 숭덩숭덩한
한 무리 중년들의 머릿결 위로 우수수 쏟아져 내렸다

가랑비같이 떨어지는 꽃잎들 곧 다 지고 말겠지
눈보라에서 무성한 신록, 그 사이는 왜 이리 짧은가
여미로운 시절 지나고 나면 이후의 흔적들은
사람들은 추억이라 하지 않고 기억이라 했다

빛나게 고운 때가 가장 아팠다
별것도 아닌 것에 깔깔대고
복통처럼 아파하며 그렇게 추억은 생성되었다
아파서 더 아름다운 순간들과
고독해서 영롱했던 시절들
사랑에 허기졌던 불꽃 같은 날들아

가없는 회억 속에 꽃잎 지고 해도 지고
울면서 떠나던 임의 눈시울 같은 붉은 노을이
산등성이 타고 흘러 내려와 가슴으로 스민다

나는 푸릇하던 시절의 어느 봄날을 생각하며
부드레한 살결 같은 꽃잎을 쓸어 모아
한 줌 가득 쥐고 허공에 흩뿌렸다

첫사랑 이야기

장맛비 그치고 물살이 잦아들자 불붙는 마음에 하천을 가로질러 첨벙첨벙 건너갈 때 반딧불이 사야에 살랑거리고 산들바람 부는 하늘엔 개천에 모래알갱이보다 더 많은 별이 무리져 소용돌이치고 있었지

싸리나무 울타리를 호박 덩굴 휘감은 달빛 그늘진 곳에 쪼그려 앉아 기다리던 그 소녀, 동그라니 검은 눈망울에 무수히 담겨 있던 별 무리 하얀 볼을 타고 쏟아질 것 같았어

싫지 않은 듯 수줍게 뿌리치는 고운 손 더럭 잡고서 하고픈 말 너무 많아 정작에 아무 말도 하지 못하고 마른 침 삼키며 우두커니 바라보다 사립문 너머 안방에서 들리는 기침 소리에, 그 소녀 화들짝 놀라 밤 고양이처럼 들어가 버리고 나는 다시 십오 리 길을 쓸쓸히 돌아와야 했었지

반딧불이들은 보이지 않고 별들은 멀어져 희미한데 하천의 물살은 어찌 그리 차갑고 세차던지 십오 리 돌아가는 길이 멀고 멀어서 자꾸만 자꾸만 뒤돌아봤었지

그 소녀, 밭뙈기 몇 마지기에 팔려가는 소처럼 슬피 울며 시집갔다
는 소식 한참이 지나서야 들었어. 밥 먹다 멍하니 일하다 멍하니,
정신 나간 놈 정신 차리라고 머리를 세차게 쥐어박혀도 아픈 줄을
몰랐어

생채기에 진물이 흐르는 그런 여름날이 연거푸 몇 해가 지나서야
옅은 미소 정도만 겨우 되찾았지만 생각이 나면 생각이 나면 불에
덴 그 자리 쓰린 마음은 오래도록 오래도록 화끈거렸지

청춘

청춘처럼 싱그러운 봄날, 바람결에 벚꽃 잎이 꽃비 되어 내렸다. 그 꽃비를 맞으며 중년의 사람들이 모여 앉아 '청춘아 내 청춘아 어딜 갔느냐'라며 트로트 유행가 한 자락을 구성지게 불러댔다. 몸살처럼 앓던 그 푸른 시절들이 끝나지 않을 것 같았는데, 돌이켜 보니 그 시절이 가장 빨리 지나가 버렸고 추억의 많은 부분이 그 한 시절들의 기억이었다. 그리고 가장 아름다웠던 한때였음을 깨달았다.

지금 내 나이가 50대 초반, 초등학교 들어가기 전에 저 첫사랑 이야기를 옆방 어른들에게서 어렴풋이 주워들었으니 실제 저 이야기의 배경은 백 년도 훨씬 더 지났을 것이다. 현시대와는 동떨어진 러브스토리지만 수십 년이 지나도 내 기억 속에 남아 있는 걸 보면 비록 어리고 철없었어도 가슴속에 너무나 아름답고 애잔하게 각인되었던 탓이리라. 그 오래전에 들었던 첫사랑 이야기를 한 편의 시로 만들어 보았다.

동부새

먼 햇살의 궤적을 따라
살망살망 오는구나
온 대지를 보듬으며
임처럼 오는구나
사붓한 걸음 내딛는 골마다 놀소리 개울물
부들해진 들엔 눈망울 같은 새싹
무량한 입술을 가졌나
스친 가지마다 숭어리째 꽃 벙근다
파란 잎새 휘늘어진 개나리 둑길 따라
꽃바람 마중 나온 여인의 치맛자락 나풀거리고
종다리 지지배배 나를 부르니
붙잡지 마라
들뜬 마음 바스대어
아지랑이 피는 저 들녘으로 봄 맞으러 간다

춘애春愛

흐드러진 복사꽃
올망졸망 진달래
첫사랑 머릿결 같은 홀보들한 바람

벚꽃잎이 보오얗게 날리는 길을
나는
꽃비를 맞으며
꽃길을 걸으며
천상의 귀빈이 된다

오! 나는 해마다
봄의 연인이 되어
봄과 열애에 빠져드노라

동부새

글을 쓰는 지인 중 한 분이 왜 그렇게 바람을 좋아하느냐
고 물었다. 선뜻 대답을 못 했지만 좋은 걸 어찌하랴. '동
부새'란 동풍이란 뜻으로 봄바람을 일컫는 순우리말이다.
공전하는 지구가 천구에 가까워지면 먼 궤적을 따라 햇살
을 흠뻑 받는다. 그때부터 세상은 찬란하게 탈바꿈한다.
봄바람 보듬는 곳마다 개울물 녹아 흐르고 얼었던 땅은
녹아 푹신해진다. 아마도 봄은 수만 개의 입술을 가졌나
보다. 스친 나뭇가지마다 꽃 벙그는 걸 보면…. 온 대지를
보듬으며 임처럼 오는 봄을 어찌 방안에서 맞을 수 있으
리. 내가 먼저 아지랑이 피는 저 들녘으로 마중 나간다.

마음에 쏙 드는 이성을 보면 가슴이 두근거리고 설렌다. 연애가 시작될 때의 감정이다. 내게는 봄이 꼭 그렇다. 해마다 그러하다. 열애에 빠지면 자주 부둥켜안고 싶어진다. 따스한 바람이 애인의 부드러운 머릿결 같은 감촉으로 귓전을 스치면 온몸에 전율이 이는 것처럼, 홀보들한 바람을 맞으며 연분홍 진달래 울긋불긋한 산비탈 아래 벚꽃 나무 줄지어 선 거리를 걸어가면 나는 봄의 품에 안긴 듯한 느낌을 받는다. 어디 그뿐이랴. 간들바람에 벚꽃 잎이 우수수 꽃비 되어 내리면 귀한 손님이 올 때 천상에서 마중 나온 천사들이 앞서가며 꽃잎을 뿌려주듯 나도 귀빈이 된 듯한 기분이 든다. 따스한 햇살, 온 산은 꽃 천지, 앙증맞은 새싹들, 이런 봄과 어찌 사랑에 빠지지 않을 수 있으리.

춘애 春愛

47

사랑법

사랑했던 여인이
모질게 떠나가 버렸던 그때가 언제쯤이였던가
치유되지 않은 상처는 관념을 왜곡시킨다
내 방황은 아마 그로부터 시작되었을 것이다
지배하려 했던 내 사랑은 늘 산산이 깨어졌고
소유하려던 사랑은 자꾸만 떠나버렸다
방탕으로는 채울 수 없었던 세월들
그 끝에서 한없이 고독해진 뒤에야 알게 되었다
사랑은 보상도 상쇄도 아니었다
지고한 것도 아니었다
내게 모난 것을 뭉개어서
사랑에게로 스며드는 것이었다
사랑을 배우지 못한 내가
숱하게 사랑을 잃고서 알게 되었다

애시哀詩

잠든 당신을 물끄러미 바라보네
속도 없이 웃기만 하던 당신
순수의 모습을 이제야 보네
감추지 않은 그대로의 당신은
측은한 여자
약하고 여린 여자
고운 모습으로 눈길 받길 원하던 여자
그러나 척박한 운명을 억척스레 견딘 여자
나, 잠든 당신 모습 한참을 바라보노니
미안한 일들이 한없네
흐느껴 할 말 너무 많다네
열망과 절망이 수시로 교차하던
더러는 가을 하늘같이 외롭던 그 눈동자 꼭 감고서
새근새근 잠든 당신을
나, 젖은 눈으로 젖은 가슴으로
물끄러미 서서 하염없이 바라보네

사랑법

서로 사랑하고 그 사랑을 가꾸어 가려면 둥글어져야 한다. 네모거나 세모면 두 마음이 맞물려 돌아가면서 모가 난 부분이 자꾸 상대에게 상처를 주기 때문이다. 사랑을 머물게 하는 것은 아주 간단한 일이다. 그러나 그 간단한 것을 절실히 깨닫는 데는 많은 시간이 걸린다. 사랑은 소유도, 지배도, 꽉 붙잡아 매는 것도 아니다. 나의 말투, 나의 행동, 나의 마음, 나의 선입견과 편견들을 둥글게 뭉개어 사랑에게로 스며드는 것이다. 어떤 사랑인들 부딪힐 때마다 상처가 생겨 아파하면 그 곁에 머물러 있으리.

며칠 동안 타지에 나갔다가 집으로 돌아오니 아내가 소파에 누운 채 잠이 들어 있었다. 못난 남편을 만나 지금껏 고생만 한 당신. 얼마나 피곤했으면 현관문 여는 소리, 발걸음 소리 못 듣고 저리 곤하게 자고 있을까? 그 모습을 물끄러미 바라보노라니 왜 그리 슬퍼 보이던지 가슴이 아팠다. 그리고 한없이 미안했다. 아내가 깰까 봐 조심스레 한 귀퉁이에 앉아 잠든 아내의 모습을 바라보며 이 시를 썼다.

바람의 사어私語

우우한 언덕에 앉아 바람을 보았어요
툭 치고 지나는 결결 따라 나뭇잎들 흩날리네요
민들레 하얀 송이 품에 안고 어디로 가나요
높은 곳에서는 목마른 꽃들의 부름 따라
구름 데리고 바삐 그리 가네요

아카시아 향기 한 아름 코끝에 부려놓네요
저 멀리서 넘실대는 파도 따라 물보라 하얗게 피어나네요
먼먼 우주는 싫어요
별들도 바람 없이는 반짝이지 않는다데요

나도 바람이 될 수 있나요
무덤 속에 풀뿌리 나무뿌리 닿으면
뿌리 따라 잎새 되고 바람이 되나요
온 세상 가득한 이 속에
울며울며 떠난 내 어머니 숨결 남아 있나요
지금도 잊지 못한 내 사랑 한숨도
그 어디에서 불어오고 있나요

가없는 물음에 얼굴 어루만지며
너는 다른 나라며 알 듯 말 듯 한 말을 남기고
휘이이 가버리네요

간이역

바랭이 방동사니
마른 잡초 향 물씬 풍기는
쓸쓸해서 더 살가운 시골 간이역은
기차가 오기까지 하릴없는 시간이
정지되었다

빛바랜 보자기를 무릎에 올려놓은
녹슨 철로의 받침목보다 더 깊게 주름진
할머니의 이마에 햇살이 홍건하다
빛바랜 깃발을 손에 쥔 역무원은
질펀한 시간이 겨운 듯 졸고 있다

이곳에선 사람들은 말이 없다
모두 어디론가 떠나야 하기 때문이다
이곳에선 사람들은 부쩍 철이 든다
침적의 한때에 젖어진 사색으로
잠시 머물다 떠나는 기차처럼
인생도 짐짓 그러함을 깨닫기 때문이다

화들짝 놀란 고추잠자리가 길을 비킬 때
할머니의 휘어진 허리 같은 기차가 들어오면
간이역은 일순 멈춘 시간이 다시 흐른다

바람의 사어私語

어느 쓸쓸한 날 바닷가 언덕에 우두커니 앉아 있었다. 쉼 없이 바람이 불었다. 그리고 그때야 알 수 있었다. 물고기 는 물속에 잠겨 살듯 지상의 모든 생명은 바람 속에 잠겨 산다는 걸. 나뭇잎 흔들고 물보라 피우며 민들레 홀씨 이 산 저산 데리고 가는 바람을 보았다. 우리도 바람이 되겠 지, 되고 말겠지. 온 세상에 가득 찬 이 바람 속에 오래전 에 떠나신 어머니의 숨결도 들어 있고, 지금은 어디에 있 는지도 모르는 사랑했던 그 사람 숨결도 스며 있을 텐 데….

첨단의 역사가 건설되고 KTX가 시속 300km로 달리는 지금 시대에 간이역이 남아 있는 곳이 몇 군데나 있을까? 푸른 들판을 지나 멀리 산기슭에서부터 기적을 울리며 구불구불하게 무궁화호가 들어오는 시골 한 귀퉁이에 있는 간이역은 참으로 정겨운 곳이었다. 잡초 향 가득한 간이역 벤치에 앉아 기차를 기다리고 있노라면 사람들은 말이 없고 고요 속에 시간이 정지된 듯했다. 그리고 사람들의 표정에는 '그래, 인생이란 잠시 머무는 간이역 같은 거야.'라고 말하는 듯했다. 기차는 오래 머물지 않았다. 기다리는 사람들을 태우고 이내 떠나버리면 적막만이 감돈다. 기차가 떠난 경주의 어느 시골 마을 간이역에 우두커니 앉아 그 풍경과 쓸쓸한 감정을 시로 옮겼다.

외씨버선길

푸른 솔 사이사이 새첩스런 들꽃들
영연한 바람 소리 시냇물 소리
코끝에 스며드는 짙은 향의 풀 내음
얇은 사 하이얀 고깔같이
사뿐히 접어 올린 외씨버선길이여

인적 드문 외로운 길 쓸쓸히 걷노라니
아슴아슴 돋아나는 사무치는 그리움
지금은 볼 수 없는 얼굴 얼굴들
낙엽 썩어 살 오른 풀숲에 누워
영면 들듯 가만히 눈감으면
이슬같이 말갛게 씻기던 내 마음
자욱자욱 밟히던 삶의 뒤안들

노을이 울고 간 자리 탄생처럼 별이 솟고
빈대에 황촉불 같은 달 길을 비추면
오르다 내려가다 이어질 듯 끊어질 듯
애처로운 작은 길 걸어 걸어갈 때에
막힌 가슴골이 패여 열리던 이생
구불구불 백 리 길 외씨버선길

허수아비의 일생

금빛으로 물든 들녘에
코스모스의 살랑대는 몸짓이 있어야만
허수아비들이 일어선다
할 일이야 두 팔 한껏 벌리고
너털웃음 흩날리며 지그시 먼 곳을 바라보는 것
참새들이 무시로 날아들고
겁 없는 몇 녀석이 머리에 앉아
재잘거려도 외로운 까닭에
제 소임도 잊고 모른 척한다
짧은 한 시절 붙박인 삶
지평선 사이로 해가 뜨고 지는 것을
처연히 바라보다
남루한 옷가지 사이로 찬바람 스미면
잘려나간 그루터기들의 눈물을 안고
짧은 생을 훌훌 털어낸다
단출한 주검 풀어헤치면
엮은 십자 막대에 해진 지푸라기뿐
숙명을 받들었기에 가진 것 없이
세상 한 아름 품고 성자처럼 살다 간다

외씨버선길

외씨버선길은 조지훈 시인의 생가가 있는 영양에서 청송까지의 40km 정도의 구간으로 시 〈승무〉의 한 구절을 인용하여 외씨버선길이라 명명했다. 사람들에게 잘 알려지지 않은 그 길을 홀로 걸어가면서 순박하면서도 아름답고, 어우러져 있으면서도 꾸밈 없는 풍경과 감회를 표현하고자 조지훈 님의 시 몇 구절을 인용하였다. 인적 드문 산길을 고독과 함께 하염없이 한번 걸어보라. 그리운 얼굴들과 옛 추억들이 주마등처럼 스쳐 지나간다. 때론 지쳐서 풀숲에 털썩 주저앉아 죽은 듯 가만히 누워 있으면 인생에서 가장 소중한 것이 무엇인지 희미하게나마 깨닫게 된다.

고추잠자리 날고 코스모스가 산들바람에 살랑거리면 들판이 금빛으로 물들기 시작한다. 먹성 좋은 참새 떼들이 쨱쨱거리며 날아들고 농부들은 바삐 허수아비를 세운다. 할 일이야 두 팔 한껏 벌리고 너털웃음 흘날리며 지그시 먼 곳을 바라보는 것. 참새들이 무시로 날아들고 겁 없는 몇 녀석이 머리에 앉아 재잘거려도 외로운 까닭에 제 소임도 잊고 모른 척한다. 추수가 끝나면 허수아비들도 짧은 한 생을 마감한다. 단출한 주검 풀어헤치면 엮은 십자 막대에 해진 지푸라기뿐. 숙명을 받들었기에 가진 것 없이 살다간 허수아비의 모습이 마치 성자의 모습 같았다.

허수아비의 일생

싸리 꽃

쏴악 쏴악
아침마다 아버지
잔기침 뱉으시며
싸리비로 마당을 쓸고

짝짝짝
말썽꾸러기 내 종아리
싸리 회초리로 후려칠 때
그 꽃잎보다 더 붉어지던
어머니 젖은 두 눈

무덤가에 싸리 꽃이
흐벅지게 피었다
눈시울 눈시울 그 붉던 어머니 눈시울
부은 종아리 매만지며
없이 살아도 바른 인간 되라는
느껍던 어머니 목소리 귓전에 쟁쟁하다
부지런만 하면 어떻게든 살아진다던
아버지 마당 쓰는 소리 쏴아 쏴아 들린다

묵은김치

갓 버무려진 김치는
아삭아삭 살아 있는 싱둥싱둥한 맛이다
한겨울을 묵힌 김치는
톡 쏘는 마늘과 얼얼한 고추의 매움이
시그러지고 어우러져 감칠맛이 난다
한해가 더 지나고 이듬해 먹는 곰삭은 김치는
질박한 시간을 스민 웅숭깊은 맛이 난다
오래 묵은 김치에는
아리고 눈물 나는 것들을 품어
제 속에서 삭여낸 듬쑥함이 배어 있어
무엇이든 넣고 끓이든 수우한 찌개가 된다
묵은김치를 먹노라면
모진 세월 쓸어안은 어머니의 발효된 말씀들
배운 것 없으셔도 그게 다 맞는 말씀이었다는 게
오도독 뼈 같이 뽀득뽀득 덧 씹힌다

싸리꽃

시골에서 마당 쓰는 싸리나무는 빗자루를 만드는 재료이기도 했지만, 말썽을 부렸을 때 종아리를 때리는 회초리가 되기도 했다. 무덤가에 싸리 꽃이 흐드러지게 피었다. 작고 여린 붉은 싸리 꽃을 보고 있자니 어릴 적, 나를 혼내고 부어오른 종아리를 어루만지면서 울먹이시던 어머니의 붉어진 눈시울이 생각났다. 그리고 늘 하시던 말씀, '없이 살아도 바른 인간 되어라.' 느껍던 어머니 목소리가 지금도 귓전에 쟁쟁하다.

한국인들이 가장 좋아하는 음식 중 하나가 김치찌개다. 특히 장독 속에서 오랫동안 곰삭은 김치는 다른 양념을 넣지 않아도 그 깊은 맛은 가히 최고이다. 그 맛의 비결은 세월이다. 오랜 시간이 스며 만들어낸 맛이다. 요즘 들어 묵은김치를 먹을 때마다 어머님 생각이 난다. 경험보다 더 좋은 스승은 없다고 했던가.

"어머니, 어머니, 그때는 몰랐어요. 겨운 세상살이 살아갈수록 어머니 하신 말씀들 새록새록 가슴에 사무쳐요. 깊은 맛이 나는 묵은김치처럼 험한 세월 살아오며 온몸으로 부딪혀 깨달은 그 말씀들이 잔소리인 줄만 알았는데 살아보니 모두 맞는 말씀들이었어요."

동구 나무 아래에서

길가에 밟히는 들풀같이
지난한 생고에 등이 굽은 옆집 할머니도
가련했던 어머니도 그랬었다
기곤한 나날에 결박된 팔자를
동네 어귀 느티나무 그늘 아래에서
긴 한숨으로 내뱉기도 했고
이슥한 밤이면 찰박찰박 달빛을 밟으며
다가와 무엇인가를 간구하다 서럽게 울기도 하였다

동구 나무의 가슴에는 대개 구멍이 있다
긴긴 세월을 애절한 사연들
한숨 소리 울음소리 받아내며 삭이다가
속이 썩어 문드러진 까닭이다

동구나무가 선 자리는 기점이다
떠나는 사람을 배웅하러 와서는
그곳에서 손 흔들며 눈물 훔치며 서로 돌아서고
기다리는 사람들도 그곳까지 마중을 나와
언덕 너머 먼 곳을 내려다본다

지금은 모두가 떠나버린 마을
자식들은 읍내로 도시로 흘러 가버리고
옆집 할머니도, 어머니도 뻐꾸기 울음 따라
산기슭 한켠으로 영영 가시었는데
숱한 전설과 비밀을 간직한 동구 나무만 떠나지 못하였다

하늘에 구름 한줄기 떠내려가고
멀리서 뻐꾸기 우는데
구새 먹은 구멍 사이로 바람 소리 황락하다

동구 나무 아래에서

오랫동안 찾지 않았던 고향에 가보았다. 모두가 떠나버린 을씨년스런 텅 빈 마을에 오래전부터 서 있던 동구 나무만 아직도 그 자리를 지키고 있었다. 어릴 적 동네 수호신이었던 그 나무 그늘 아래에 앉아 땀을 식히기도 했고, 더러 누군가는 애절한 사연을 가지고 늦은 밤에 찾아와 소원을 빌기도 했었지. 동구 나무가 선 자리는 기점이기도 했다. 떠나는 사람을 배웅할 때 그곳까지 따라왔다가 돌아가고, 마중을 나올 때도 그 나무 아래에서 기다리곤 했다. 지금은 모두 다 떠나버린 마을, 바람만 스쳐 가는 우우양량한 동구 나무 아래에서 옛 기억에 젖어 쓴 시다.

제3장

삶이
꼭
그랬다

누적

살아가야 하는 길은 갈림길인데
살아온 길은 되돌아 못 가므로 늘 외길이 된다

갈까 말까 할까 말까
갈림길에서 망설이는 오늘은
또 어떤 후회가 남을까

그때 조금 더 생각하여
다른 길로 갔더라면
그 시절을 조금 더 땀 흘려
한 발짝 더 나아갔더라면
눈물 질척한 날들을 맞지 않았을 것을

생생히 그리운 사람
그때 잠시 참았으면
지금도 내 곁에 머물지 몰라
조금 더 기다렸어야 하는 것을
눈물 쏟고 떠나버려 영영 얻지 못한 사랑

조금 더, 그 작은 조금들의 누적으로
가름되는 생

나 떠난 뒤에

바람 같은 인생길
나 떠난 뒤에
누군가 찾거든 이렇게 전해 주오

용서 못한 누군가 나를 찾거든
부디 이리 말해 주오
많은 날을 가슴 다 닳도록 용서 빌며 살았다고

용서 구할 누군가 나를 찾거든
미소 지며 말해 주오
용서받지 않은 삶이 없을진대
오래전에 모든 용서 다 하였노라고

고마움에 찾거든 멋쩍게 말해 주오
움켜쥔 것 다 놓지 못해 후회하더라고

알지 못할 누군가가 그는 어떤 사람이냐 묻거든
말없이 고개만 떨구어 주오

무슨 말을 남겼냐고 묻거든 꼬옥 꼭 전해주오
세상에서 이겨야 할 것은 자신이었고
배워야 할 것은 사랑과 용서더라고

어떤 모습으로 떠났느냐 묻거든
또 이렇게 전해 주오
산천에 솔이 푸른데
뛰지 않는 그 가슴도 솔잎처럼 푸르더라고

누
적

큰 문제는 대개 사소한 것에서부터 시작되거나 조그마한
일들의 누적으로 발생한다. 우리의 인생도 그러하다. 조금
더 참지 못해 큰 다툼이 되고, 조금 더 열심히 하지 못해
실패하며, 조금 더 기다리며 관용하지 못해 사랑도 잃고
사람도 잃는다. 조금은 누적된다. 조금씩 진보하여 큰 사
람이 된다. 나는 그 조금을 더하지 못하고, 조금 더 참지
못하고, 조금 더 기다리지 못했다. 그래서 잃어버린 것이
너무 많다. 그리고 다시 살 수도 없어 후회가 가득하다.

사람들이 이 세상을 떠나면서 남기는 말 중에 가장 많이 하는 말은 사랑과 용서이다. 나 또한 어느 날 훌쩍 떠날 시간이 오면 곁에 선 사람들에게 이렇게 전해 달라고 말할 것이다.

"나로 인해 상처 입은 사람 보게 되거든 오랫동안 용서 빌며 살았으니 부디 용서하라고. 그러나 내게 용서를 구할 사람을 만나거든 이미 오래전에 용서하고 다 잊었노라고. 나를 잘 모르는 사람이 내가 어떤 사람이냐고 묻거든 딱히 훌륭하게 살지 못했으므로 말없이 고개만 떨구어 달라고. 그리고 마지막 남길 말이 무어냐고 물으면 자신을 이겨야 모두 이긴다는 말은 최고의 진리였으며, 사랑하고 용서하는 것을 감정에만 맡기지 말고 배우고 익히라고 말할 것이다. 뛰지 않은 가슴이 푸르렀던 까닭은 식지 않은 꿈도 있었고, 회한으로 가슴 쳐서 멍든 때문이라."

꼭

소꿉놀이하는 두 꼬마
꼬막 손 새끼손가락 걸고 '내일 꼭이야' 라며
무엇인가 약속을 한다

꼭
꼭
꼭
곱씹으니 체한 듯 가슴이 결리다
놓아버린 꼭
체념해버린 꼭들이 망각 되지 않는다

삶이란 게 그렇다
꼭이 들어가야 한다
꼭 이루려 해야만 이루어진다
꼭 하겠다는 사람이 해낸다
되면 되고 말면 말고는
꼭 안 되는 쪽으로 된다

삶이 꼭 그랬다

고난 앞에 서면

갈림길이 아니다
피할 길은 없다
돌아서 가라는 것이 아니다
주저앉으라는 것은 더욱 아니다

누가 고난을 뛰어넘는 것이라 했는가
고난은 그 속에 빠져 아프게 쓰라리게
허우적거리며 헤쳐 나가는 것이다

고난과 성공은 하나의 길이다
하나의 선상에 일렬로 서 있는
기어이 거쳐 가야만 할 한고비이다

꼭

삶은 한 번도 거저 주지 않았다. 얼렁뚱땅해낸 일들은 늘
기대를 벗어났고, 요행을 바랐지만 매번 실제와 어긋났다.
막연함으로는 도달할 수 없었고, '어떻게 되겠지'란 생각
으로는 절대로 성취되지 않았다. 생생히 꿈꾸고 그려보며
꼭 해내고야 말리라는 것만이 이뤄지고 내 것이 되었다.
꼭, 꼭, 꼭, 삶은 꼭 그랬다.

가치 있는 것들은 항상 고난의 언덕 너머에 있다. 사는 동안 직면하는 고난들이 그 당시에는 절벽 앞에 선 것 같고 앞이 캄캄하게 보이지만 세월이 지나고 나면 그 고난들이 성공의 토대가 된다. 스코트는 고난에 대해 '문제를 대면하는 데 따르는 정당한 고통을 회피할 때 우리는 그 문제를 통해 우리가 가질 수 있는 성장도 회피하는 것이다.' 라고 했다. 사람은 두 번 살 수 없으므로 우리는 오직 하나의 길을 걸어간다. 돌아가거나 피할 길은 없다. 그러므로 고난은 그 속에 빠져 아프게, 쓰라리게, 더러는 허우적거리며 헤쳐 나가는 것이다. 헤쳐 나가지 않으면 멈출 뿐이다.

내일

병든 자처럼
죽은 자처럼
하루를 살고 며칠을 살고 몇 년을 살았다

꿈이 메말라 죽고
삶조차 궁핍해지자
사랑마저 떠나버렸다

가슴에 진물이 질질 흘러내릴 때 즈음 알게 되었다
오늘을 딛지 않는 내일은 없고
방기한 날들에는 미래가 없다는 걸
막연하고도 우연히 오는 것은 한 터럭도 없었다
그런 내가 그런 삶을 부르는 것이었다

아침에 눈을 뜨면 내일을 향해
땀에 젖은 등짝에 열꽃을 피우는 것이
내일을 꽃피우는 것이었다

우성雨聲

순전한 것만이 훌훌히 가벼워져
하늘로 오르고
다시 온 생명을 일구는 젖줄로 내린다
늦은 밤 창가에 빗방울 부딪히는 소리
가만가만 들으면
지상에서 목말랐던 풀과 나무들
그 풀잎과 나뭇잎을 먹고 사는
모든 생명의 박수갈채 소리
찬사와 감사의 외침 같기도 하다
검은 창가에 쌀뜨물 같은 뿌연 아침이 오면
푸르를 것들은 더 푸르러지고
피지 못한 것들은 다 피어나리
마음까지 적셔져 잠 못 들게 하는 소리
온 땅 온 대지에 투두두두두

내일

아무것도 하지 않고 어떻게 될 거라는 생각으로 몇 년을 허송세월로 보낸 적이 있었다. 시간이 흘러도 어떻게 되는 것은 아무것도 없었다. 내버려 두고 돌보지 아니한 세월이 쌓여갈수록 삶은 가난해지고 무기력한 모습에 질려 사랑했던 사람마저 떠나버렸다. 외롭고 아프고 가난하여 상처 난 가슴에서 진물이 흘렀다. 사람은 왜 이미 알고 있는 사실일지라도 경험해야만 온전한 제 것이 될까? 그 어두운 바닥에서 진실로 깨닫게 되었다. 오늘을 딛지 않는 내일은 없고 방기한 날들에는 미래가 없다는 걸. 막연하고도 우연히 오는 것은 한 터럭도 없었다. 그런 내가 그런 삶을 부르는 것이었다. 땀에 젖은 등짝에 열꽃이 피도록 오늘을 열심히 사는 것만이 내일을 꽃피우는 유일한 길이었다.

바닷물을 증발시키면 찌꺼기가 남는다. 그 찌꺼기가 소금이다. 빗물에 소금기가 섞여 있다면 이 세상은 풀 한 포기자라지 못하는 황량한 사막이 되었을 것이다. 순수한 물의 성분만이 증발하여 비가 되어 내린다. 그래서 나는 빗소리를 무척이나 좋아한다. 비가 오면 창이 넓은 우산을 쓰고이리저리 길거리를 헤매기도 한다. 몹시 가물던 어느 여름늦은 밤, 요란한 소리에 잠 깨어 시계를 보니 새벽 세 시였다. 억수같이 장대비가 쏟아지고 있었다. 투두두두-창문을 두드리는 소리를 듣고 있노라니 가뭄에 목말랐던모든 생명들이 외치는 감사의 소리 같이 들렸다. 비 그치고 나면 더욱 푸르고 싱그러워질 들판을 생각하며 시 한편 적었다.

동병상련

외로운 사람들은
외로운 사람끼리 기대어 살고
그리움에 눈빛이 깊은 사람들은
결별의 슬픔을 서로 나누고
상흔을 가진 사람이
상처 난 사람들을 보듬으며 산다
가난한 사람들이 더 가난한 자를 돕고
좌절해본 사람이 쓰러진 자에게로 손을 내민다
세상은 그렇게 이어진 실핏줄로
정이 흐르고 흘러
무너지는 세상을
떠받치고 있다

개미들의 일상

아무렇지도 않게
밟고 지나간 자국 아래
개미들이 난리가 났다
더러는 죽고 더러는 다치기도 했지만
살아남은 개미들은
슬퍼할 틈도 없이 비틀거리며
무너진 보금자리를 다시
손질하느라 정신없이 분주하다

겨운 생이다
또다시 이 길을 지나는
누군가에게 밟힐 것이고
이 미물들은 눈물 마를 새도 없이
그저 삶이라 여기며 싸매고 동여매고
절뚝거리며 다시 일으켜 세울 것이다
그래서 세상은 아직도 돌아가는 것이다

세상을 가만히 살펴보면 알게 된다. 어려운 처지에 있는 사람들이 서로 가엾게 여기며 돕고 살아간다는 걸 말이다. 아파 본 사람이 아파하는 사람의 아픔을 가장 잘 알고, 외로운 사람이 외로워하는 사람의 마음을 가장 잘 안다. 가난한 사람들이 더 가난한 사람들을 돕고, 좌절해 본 사람이 절망하여 쓰러진 사람에게 일어서라고 손을 내민다. 그래서 이 각박한 세상이 아직도 그럭저럭 돌아가는 것이다.

주식시장이 숱한 개미투자자들의 눈물을 먹고 성장하듯이 세상을 지켜내는 사람들은 대기업 회장이나 권력을 가진 정치인이 아니다. 분열과 대립, 갈등, 가치관의 충돌 속에 하루가 다르게 세상이 바뀌어도 묵묵히 제 자리에서 서로 도우며 참아가며 살아가는 서민들이 무너질 듯한 혼돈의 세상을 지탱한다. 권력에, 정치놀음에, 재력에 짓밟혀도 그저 삶이라 여기며 싸매고 동여매며 살아가는 약한 서민들이 이 세상의 지줏대다.

개미들의 일상

성공철리

그것은 항상 경상적이다
그 길에는 그악스런 것 투성이다
그것은 언제나 고정되어 있지만 그 길 끝까지
가지 못하는 사람들이 대부분이다
그것은 언제나 형극의 너머에 있다
인류 역사에서 먼저 다가온 적이 없다
외쳐 불러도 오지 않고 잡아당겨도 끌려오지 않는다
섭리의 속성 때문에 기다리고 있을 뿐이다
그것은 대개 지쳐 쓰러질 즈음에 만나게 된다
마침내 종착점에 서면
지구하게 앞을 가로막던 모든 장벽을 넘어뜨리고
격정의 모습으로 뜨겁게 품에 안기운다
성공의 길은 휘휘한 푸서리 지나
상처투성이가 될 때 이룩된다

바닥이 보일 때

어릴 적 동네 어귀에 깊은 웅덩이 하나 있었다
해마다 여름이면 개구리헤엄을 치며 놀고
누가 더 높은 곳에서 뛰어내리는지 내기도 했었다
무섭기도 했지만 젤로 신났던 놀이터였다
어느 해, 무진 가뭄에 논에 물 대느라 양수기로
물을 연신 퍼 올린 뒤에야 알게 되었는데
바닥에는 칼날 같은 바위들이 무수히 많았고
팅팅 불어 썩어가는 짐승의 시체도 있었다

낮아지면 보인다 내 안의 칼날이
그때 그 사람이 왜 그리 아파했는지
왜 그리 슬프게 울며 뒤돌아섰는지
낮아지면 안다 비로소 느낀다
영혼의 기저에서 독선에 잠겨
썩고 있는 내 관념이

성공이란 목적하는 바를 이룬다는 말이다. 진부한 말이지만 성공은 반드시 고난과 역경 그 너머에 있다. 이것은 철리이며 시대를 막론하고 변함없이 일정하다. 성공으로 가는 길은 사납고 모진 가시밭길을 지나야만 한다. 성공은 늘 그 자리에 있다. 성공하지 못했다는 것은 그 길 끝까지 가지 않았다는 것이다. 성공은 언제나 상처투성이가 되어 지쳐 쓰러질 때 즈음 만난다. 요즘 청소년이나 청년들은 고난 앞에서 너무 쉽게 주저앉는다. 성공을 이뤄낸 사람들의 이면에는 어린 시절에 넘지 못할 거대한 장애물에 가로막혀 있었지만 그 장애물을 모두 헤쳐 나온 사람들이었다. 젊은 영혼들에게 힘을 주고자 이 시를 쓰게 되었다.

깊은 웅덩이 바닥에 가라앉아 있던 날카로운 바위나 썩어
가는 짐승시체가 바닥이 드러나면 보이는 것처럼 바닥까
지 겸손해지고 낮아졌을 때 비로소 보이기 시작했다. 내
안의 모난 것들과 아집과 독선이, 내 안의 칼날로 상처받
은 사람들도 많았다는 것을, 멀어진 관계와 떠난 사랑도
나 때문이었다는 것을 알았다.

바닥이 보일 때

손금자판기

고속도로 휴게소에 운명을 알려준다는
기계 하나가 천 원짜리 아가리를 벌리고
겨운 삶을 이어가는 사람들만 용케 알아보고는
번지레한 말과 요란한 음악 소리로
기웃기웃 호린다

아서라
정해진 팔자라면, 노동에 일그러지고
굳은살에 골이 뭉개진 손바닥 들이대면
어찌하려고

너는 아느냐
가장 깊고 어두운 곳은 주저앉은 자리이고
숙명을 견디며 땀 흘리는 자가 진정 아름다우며
눈물을 딛고 다시 웃는 자가 가장 빛난다는 걸
너는 생각해 보았느냐
이루어진 꿈의 짧은 향연보다
꿈길을 걷고 있을 때가 진정 행복하다는 것을

석상의 얼굴

겸허한 미소가 푸근하고
그윽한 눈길에 마음이 따뜻하다

각지고 모가 난 투박한 바위를
장인은 정을 들고 물집 맺힌 손으로
오랫동안 깎고 다듬었을 것이다

비에 젖고 바람에 패이고
뙤약볕에 살갗이 데이며
천년이 흘러도 찌푸림이 없다

내면을 쪼아 빚으면 외면이 낭려해진다
마음의 허물들을 깎고 깎아 가다 보면
저 미소를 오롯이 닮아 가리라

채우기만 해서는
아름다운 사람 될 수 없다

손금자판기

어느 고속도로 휴게소에서 손금자판기를 본 적이 있었다. 천 원을 넣고 손바닥을 갖다 대면 손금을 읽어 운세와 사주팔자를 알려주는 기계였다. 간간이 그 기계를 이용하는 사람들이 있었는데 대부분 삶이 힘겨워 보이는 사람들이었다. 한참을 바라보다 나는 웃고 말았다. 운명도 팔자도 손바닥 안에 있는 것이 아닌데, 인생살이 마음먹기에 달려 있는데…. '열심히 일한 어느 사람의 지문 닳아 없어지고 굳은살 박여 손금의 골이 뭉개진 손바닥을 들이대면 무어라 주절거릴래?'라고 기계에 묻고 싶었다.

'가장 깊고 어두운 곳은 주저앉은 자리이고, 숙명을 견디며 땀 흘리는 자가 진정 아름다우며, 눈물을 딛고 다시 웃는 자가 가장 빛난다는 걸. 이루어진 꿈의 짧은 향연보다 꿈길을 걷고 있을 때가 진정 행복하다는 것을….'

미켈란젤로가 대리석 조각에 매달려 작업을 하고 있을 때 근처를 지나던 어린 소녀가 호기심 가득한 눈으로 왜 그렇게 힘들게 돌을 두드리는지 묻자 미켈란젤로는 미소 지으며, '꼬마야, 이 바위 안에는 천사가 들어 있단다.' 라고 했다. 그래서 탄생한 것이 다비드의 조각상이다. 국립공원으로 지정된 경주 남산에 가면 곳곳에 석상이 있다. 처음에는 투박하고 거칫한 바위였지만 깎아내고 다듬어 저리 온화한 표정을 가진 석상의 얼굴이 되었을 것이다. 외양만 그러할까. 마음속에 있는 교만과 오만, 독선, 아집, 부정적인 생각들을 깎아내야만 아름다운 사람이 될 수 있다. 그리고 마음이 아름다운 사람은 얼굴과 표정에서 맑고 곱게 스며 나온다.

어머니

군불 때며 밥 짓던 아궁이에 쪼그리어
고웁던 눈가를 소매로 닦으실 새
매운 연기 까닭인 줄 알았습니다

뻐꾸기 느릿느릿 울어대던 골짝
천수답 너마지기 논두렁에 앉아
구구장천 한없이 바라보실 새
흘러가는 구름을 보시는 줄 알았습니다

해진 옷 팽개치며 새 옷을 사달라고 졸라댈 때에
말없이 돌아앉아 기워 주실 새
앙상한 두 어깨가 자꾸만 떨리는 걸 보았습니다

애태워 살아 보려 갖은 만사 허덕일 새
이내 속히 자라나게 세월아 빨리 가라 재촉했는데
눈물샘 이 세상을 가녀려 못 이기어
바람결에 홀씨 같이 떠나가신 어머니

푸성귀 같은 어머니
염포로 꽁꽁 묶고 삼베로 가릴 때

영영 볼 수 없음 알아 늘어진 목젖 가슴을 메우고
가뭄 들 때 햇살이 어머니 가슴 다 태우던
천수답 너마지기 비탈진 곳에
무심한 사람들, 어머니 묻을 때에

산아 산아
붉은 산아
붉은 하늘아

살다 보니 외롭고 서러울 때 많아
투정하듯 어머니 무덤가에 찾아오면
그리워서 목이 메고 패자(悖子) 되어 꺼이꺼이
어머니 머릿결은 푸석푸석했는데
무덤 위에 들풀은 어찌 이리 윤기 나게 푸른가요

애절한 이 언덕 굽이진 비탈길을
터덜터덜 내려올 새
어머니
그때처럼 뻐꾸기가 구성지게 웁니다

경계선

두 줄의 노란 황색 선
중앙선을 넘어 충돌한 으깨진
자동차가 하얀 체열을 뭉실뭉실 내뿜고 있다
일순간에 경계선을 넘은 운전자는
돌아올 수 없는 생사의 경계도 넘고 말았다
굵은 빗줄기 쏟아지고 아스팔트 위로
핏물이 쓸려 가는데 뒷좌석에서 빠져나온
젊은 여자가 운전자의 시신 앞에
허물어져 내려 울부짖는다

누가 죽음을 먼 후일의 것이라 했는가
죽음이라는 말은 산 자들의 언어다
죽음은 생명에 깃들어 있으므로
늘 함께 있어 간격도 없다
다만, 경계만 있다

살아있다는 것은 늘 사선에 머무는 것
굵은 비는 세차게 쏟아지고 갈 길은 먼데
경광음 소리 숨 가쁘게 울리고

여인은 구급대원의 손을 뿌리치며
목 놓아 울고

어
머
니

경제가 급속도로 발전한 탓이지만 불과 몇십 년 전만 하
더라도 산골에서는 아궁이에 가마솥을 걸어놓고 밥을 지
었다. 병약했던 어머니는 후미진 산골에서 유난히 고생을
많이 하셨다. 어머니가 앓아누워 신음 내실 때마다 어린
내 가슴은 얼음장이 깨져 깊은 물 속으로 가라앉는 듯했
다. 어서 빨리 커라. 세월아 빨리 가라. 그러나 더딘 세월
속에 고생만 하셨던 어머니는 한 많은 생을 뒤로하고 불
의의 사고로 갑작스럽게 돌아가시고 말았다. 무심한 사람
들 어머니 묻을 때 너무 울어 하늘도 산도 붉게 보였다.
어머니 무덤가에 앉아 그때처럼 뻐꾸기 구슬피 우는 소리
와 함께 어머니를 그리워하며….

때 이르게 장마가 시작된 어느 해 여름, 한적한 국도는 저
녁 한켠처럼 어두웠고 굵은 장대비가 차창을 후려치듯 둔
탁한 소리를 내며 억수같이 쏟아졌다. 앞이 잘 보이지 않
아 느린 속도로 커브 길을 돌자 우의를 입은 경찰이 신호
봉을 흔들며 다급하게 정지신호를 보내고 있었다. 두 줄의
노란 황색 선, 그 너머로 중앙선을 침범해 충돌한 으깨진
자동차가 하얀 수증기와 연기를 뭉실뭉실 내뿜고 있었다.
아마도 빗길에 미끄러져 마주 오던 차와 충돌한 것 같았
다. 일순간에 경계선을 넘은 운전자는 돌아올 수 없는 생
사의 경계도 함께 넘고 말았다. 운전자는 빗길에 미끄러지
기 몇 초 전 이 세상을 저리 황망하게 떠날 줄 꿈엔들 알
았을까. 죽음이라는 것은 살아있는 생명에 있고 그 죽음은
부지불식간에 맞을 수 있다. 죽음은 생명 속에 있는 것이
므로 생명과 죽음은 한 몸이다. 억수같이 비는 쏟아지고
천둥소리 고막을 울리고 사고운전자의 아내인 듯한 여인
의 울부짖음은 가슴을 찢는다.

열매

열매 맺는 나무의 꽃은
져야만 한다
결실을 위하여

꽃잎 떨구며
봄이 떠나고 있다
신록의 푸르름 속으로

격동의 생은
저물어 저물어
무르익는 가을로 치닫는다

한 사람의 가치는
떠나간 빈자리가 말해 주는 것
낙엽 진 후에
남겨질 사람들에게
나는 무엇으로 남을까
어떤 열매가 될까

오늘도 내 생의 나무에
꽃잎은 지는데

열
매

아무리 화사하고 아름다운 꽃일지라도 결국 지고 만다. 그리하여 그 자리에 열매를 남긴다. 사람도 떠나고 나면 무언가 남기게 된다. 서럽도록 아름답게 꽃 피우던 봄이 지나고, 스쳐 가는 차창 밖의 풍경처럼 시간은 빠르게 흘러 어느덧 가을이 되고 나무마다 열매를 맺는데, 내 삶도 지면 남겨진 사람들에게 나는 어떤 의미가 될까. 어떤 사람으로 기억될까. 꽃잎 떨어지듯 내 생의 하루는 오늘도 어김없이 지나가는데 나를 아는 모든 사람과 세상에 좋은 열매 되도록 더 사랑하고 관용하며 더 성실히 살아야겠다.

제4장

산다는 건
사랑하는
일이다

꽃피는 자리

견딜 수 없다고
더는 할 수 없다고 말하지 마라

봄이 오는 길목의 나무를 보라
가장 여린 가지 끝에서
잎사귀가 돋아나고
꽃이 핀다

그대 상처에
그대 아픈 곳에
그대 눈물 나는 가슴이
푸르게 새잎 돋아
꽃이 필 자리다
열매 맺힐 자리다

태양은 빛나고 지구는 돌고 있다
봄은 다시 온다
모든 것은 바람처럼 지나가고
머물지 않는다

눈보라를 견딘 여린 가지에
잎이 돋고 꽃이 필 때 나무가 자라고
인생은 아픈 자리에 상흔이 피며
세상의 벌판에 뿌리를 내린다

찬사

새 한 무리 비켜 날아가는 바위 절벽에
까치발로 선 나무 시리도록 푸르다

어떻게 버티었나
한겨울 내내 할퀴던 칼바람을
어찌 참아 내었나
가물던 염천에 타는 갈증을
무슨 내력 있어 부러지지 않았나
거목도 쓰러뜨린 그 여름의 태풍을

무엇으로 캄캄한 바위틈 파고들어
굳건히 돌부리 붙잡고 있나
아프지 않았었나
깎아지른 절벽에서
하늘 향해 올곧게 서려
제 허리를 비틀 때

처음, 씨앗이 발아하여
여린 작은 뿌리가 바위를
움켜잡았을 때 척박한 자리

한탄할 겨를도 없이
이 악물고 살아내었으리니
너는 숙명에 충실하였구나

너를 보니 알겠다
역경 속에 핀 꽃이 아름다운 이유를
추레한 절벽을 비경으로 만들어 낸
가늠할 수 없는 가치를

꽃 피 는 자 리

자살 장소로 유명한 마포대교에 '뛰어내리기 전에 5분만
더 생각해 보세요'라는 글이 붙어 있다고 한다. 어떤 사
람이 자살을 결심하고 강물에 투신했다가 구조된 후에 써
서 붙인 글인데 그중에 이런 대목이 있다.

'지금 당신이 겪고 있는 그 고통은 길어야 몇 개월이다.'

그렇다. 모든 것은 지나간다. 세월이 약이 되어 고통도 슬
픔도 조금씩 희미해져 간다. 그리고 상흔이 남은 자리에서
새 삶이 시작된다. 가장 여린 가지에 꽃이 피고 열매 맺는
것처럼.

깎아지른 듯한 바위 절벽에 서 있는 푸른 소나무 몇 그루.
물기 한 방울 없을 저 척박한 곳에서 어찌 살아냈을까?
처음 발아된 씨앗의 여리고 작은 뿌리가 단단한 바위틈을
파고 들어가 돌부리 붙잡고 울며 아파하며 숱한 가뭄과
비바람, 그리고 겨울철 칼바람도 견뎌냈을 것이다. 그리고
는 제 몸을 비틀어 올곧게 서서 하늘을 향해 푸르게 푸르
게 잎을 피워 볼품없는 바위산을 수놓듯 아름다운 풍경을
만들었다. 숙명은 타고 난다. 그러나 받아들여 노력하면
바꿀 수 있는 운명이 된다. 가혹한 자리에서 절망하거나
한탄하지 아니하고 꿋꿋이 헤쳐 나온 사람이 온 세상의
찬사를 받는다. 절벽에 선 저 푸른 소나무처럼.

일출

한낮에는 눈이 부셔
잠시도 바라볼 수 없었더니
검은 어둠에 통절한 시간을 묻어야만
여명에 그 얼굴 마주할 수 있구나

심해의 냉기를 옹골차게 견디고는
헝클어진 붉은 머릿결 휘날리며
날아오르는 갈매기 앞세우고
지난밤 칼바람에 찔린 상처
핏물 뚝뚝 흘리며 온 바다 붉게 물들이며
형형히 벌건 눈으로 다시 솟는구나

꽃같이 피어라
저 햇살에 내 혼아
사윈 가슴에 열망의 불을 질러다오
이르지 못해도
그 길 한 자락에 쓰러져 죽어도 좋을 꿈으로
그 꿈길 따라 열렬히 살게 하라

월야 - 10월의 밤

부푸는 풍선같이
푸른 하늘 아득히 높아져서
휘넓은 들녘에 달빛 가득하다
잡초 향 한 아름
흩뿌리고 지나가는 바람결에
사락사락 한들한들 풀잎들이 춤춘다

목젖까지 애수가 차오르는 밤
이슬 받아먹은 하얀 구절초 꽃망울 움틀 때
풀벌레들 세레나데 잦아들고
고요한 천지에 새 한 무리 날아올라
금빛 창공 휘저으며 아련히 떠나가면
언덕에 무리 진 억새 머릿결
하얗게 하얗게 물들어 간다

일출

해맞이를 보기 위해 차 안에서 오들오들 떨며 밤을 지새
웠다. 새벽이 오기까지 시간은 왜 그리 더디 가는지. 그
긴 어둠 속에서 살아온 날들을 조목조목 뒤돌아보았다. 그
리고 통절한 반성도 했다. 그제야 일출이 시작되었다. 깊
은 심해에서 이글거리며, 온 바다를 붉게 적시며, 시뻘건
후광 머리카락처럼 흩날리며, 형형한 벌건 눈으로 솟아오
르는 태양 앞에서 소원을 비는 사람들 틈에 끼여 나도 소
원을 빌었다. 꿈도 이상도 없이 살아있어도 죽은 듯 살아
가는 내 영혼이 다시 한번 꽃처럼 피어나기를, 걸어가는
길 어느 한 자락에 쓰러져 죽어도 좋으니 꿈을 좇아 열렬
하게 살아가도록 도와달라고 기도했다.

10월의 어느 늦은 밤, 가을엔 달도 무르익는지 달빛마저 황금빛이었다. 산들바람에 는실난실 춤추는 풀숲 사이로 짝을 찾는 풀벌레 울음소리 애잔하고 창 너머 언덕 하얀 억새 머릿결 위로 새 한 무리가 달빛 가득 찬 창공을 물고기가 헤엄치듯 유유히 휘저으며 날아가고 있었다. 그 풍경을 바라보며 천사만감 속에 젖어있자니 김현승 시인의 '가을에는 기도하게 하소서. 낙엽들이 지는 때를 기다려 내게 주신 겸허한 모국어로 나를 채우소서'라는 구절이 생각났다. 나는 겸허한 언어로 나 자신의 내면을 채우지는 못하고 너무나 아름다우면서도 고적한 10월의 가을밤 풍경을 표현해보았다.

보통의 것에 대한 후회

엄마 손을 잡고 병원을 찾은 다섯 살배기가
담결한 눈망울에 작은 주둥이를 오무작거리며
앞으로 술은 조금만 드시고
많이 웃고 매일 운동도 하세요, 라고 한다
떡잎 같은 고 녀석 가고 난 뒤에
삼삼하기도 하고 쫑알대던 소리 귓전에 쟁쟁거려
고 녀석 한 말을 곱씹다가
곱씹으니 단물이 나고 눈물도 난다

나는 지금 적막하고 가난하다
병마저 들어 고통 속에 있다

찾지 않아서 길이 보이지 않았고
바라보기만 해서 산은 높았다
미루다 영 못 하고 고치지 않아 습성이 된 것을
운명 탓으로 돌려버렸다

가장 보편적인 것을 지켜내면 위대함이 된다

나는 지금 계의 밖에 있다
더 새롭고 심오한 가치와, 더 열렬한 진리를 추구했으나

다섯 살배기도 알고 있는 보통의 것들을 지켜내지 못해
세상 어느 한 모퉁이에 쓸쓸히 버려져 있다

혼돈의 탈출을 꿈꾸며

오늘도 많은 사람을 만났다
술에 취해 소나기 같이 쏟아내는 말들을
가슴이 흥건해지도록 억수같이 들었다.
자신들의 잣대로 사람들을 마구 재단했다
모두가 이래서 죽일 놈 저래서 죽일 놈들이었다
빨간 초장이 선혈처럼 붉었다

뿌우연 창밖으로 먼 곳을 바라보았다
무수한 논리에 진리가 죽고 절대를 잃어버린
혼돈 속의 탈출을 갈망하며

어디쯤 있을까
숙명을 받들었기에 썩어가는
냄새조차 향기롭고
멀리엔 바다가 푸르러 푸르러
하늘엔 부들한 구름 떠가는
푸른 초목 푼더분한 평화의 곳

섭리를 받들며
순리의 지배를 받아
비로소 온전히 된 나를 찾아
흠뻑 미소 지을 수 있는 먼 그 어디쯤은

보통의 것에 대한 후회

그 어떤 꿈도 보통의 이치와 평범한 진리가 뒷받침되지 않으면 성취될 수 없고, 그 어떤 위치에 있더라도 보통의 사실과 평범한 진리를 준수하지 않으면 지켜낼 수 없다. 정직하게 살아라, 포기하지 않고 열심히 노력하면 된다, 항상 성실하여라 등의 평범한 진리들이 인생의 성취를 이루고 이룬 것을 지켜낸다. 모든 실패의 원인을 따져보면 결국 귀에 못이 박이도록 들어온 이런 평범한 보통의 진리를 지켜내지 못한 데 있다.

진리는 시대를 관통한다. 역경은 맞서 싸우되 섭리는 따라야 한다. 그런데 이 시대에는 주관적인 무수한 논리에 절대를 잃어버렸다. 모두가 이래서 죽일 놈 저래서 죽일 놈들이므로 영웅도, 위대한 인물도 나올 수 없는 세상이 되어버렸다. 그때그때 상황에 맞춰 순발력 있게 잘 대응하는 사람이 현명하고 세상을 잘 살아가는 사람으로 여긴다. 왁자지껄한 술집 창문 너머로 멀리 보이는 산을 바라보았다. 섭리와 진리가 생동하는 평화는 어디 있을까? 문득 떠나고 싶었다. 이 혼돈의 세상을 벗어나 온전한 나를 찾아.

한 끼 밥상

등짝이 시퍼런
육덕진 이 고등어는
어느 망망한 바다를 휘돌다 왔을까

데쳐도 푸릇한 이 시금치는
한겨울 내내 오들오들 떨며
햇살 촘촘한 벨벳 같은 봄을
얼마나 간절히 기다렸을까

윤기 나는 이 하얀 밥알들을 위해
어느 농부의 허리는 무자리 진창에서
더욱 굽어졌으리

차려진 한 끼의 밥상을 바라보다
무익한 생이 죄스러워
고해성사하듯 감사를 올리고
값없이 살아서는 아니 된다며
고개를 주억이며
밥을 먹는다

아흔여 개의 원소

온 세상에서 사라지는 것은 없고
모양만 바뀐다는 것을 알았을 때 한없이 기뻤다
오랫동안 꿈꾸었던 것을 이룰 수 있을 것이므로

나 떠나거든 깊이 묻지 마라
풀과 잡목들의 뿌리가 닿게 하라
피흐름이 멈춘 살이 다 삭아지면
그 속에 스미어 여윈 가지 살 돋우고
푸른 잎이 숨 쉴 때 허공으로 내뿜어져
바람이 되게

바람이 되어
희미하게 노을 지는 저 산 너머
별이 보이지 않는 밤하늘 지나
눈물 없는 땅끝까지 떠돌아다니게

밥상에 오른 고등어는 시장에서 값을 치르고 산 것이지만 실은 바닷속에 원래 있던 걸 건져내고 운반한 비용을 치른 것뿐이다. 시금치 한 단도 바람과 햇살 그리고 토양이 길러 낸 것이고, 하얀 쌀 한 톨에도 농부의 땀방울이 스며 있다는 생각을 하면 감사의 마음이 어찌 절로 우러나지 않겠는가. 잘 차려진 밥상을 앞에 두고 나의 삶은 이 세상에 무슨 보탬이 되고 있는가 생각해 보니 그저 자신의 안락만 추구하며 살고 있는 내가 보였다. 이 세상에 무익했던 그런 나를 반성하며 이 시를 쓴다.

온 세상의 모든 생명체와 만물은 주기율표에 있는 아흔여 개의 원소로 구성되어 있다. 그 아흔여 개의 원소가 서로 화합하여 분자가 되고 수억만 개의 물질이 된다. 모든 생명체도 아흔여 개의 원소가 화합한 분자들의 결합체이다. 사람이 죽어 썩는다는 건 분해되는 것이고, 태초처럼 분자나 원소로 되돌아가는 과정이다. 화장터에서 연멸되어도 사라지는 것이 아니다. 우주의 에너지 총량은 일정하므로 그 형태가 재와 연기로 바뀔 뿐이다. 죽어 묻히면 분해되어 풀과 나무들의 영양분으로 흡수되고, 그 풀과 나무들이 광합성을 하여 산소를 만들어 허공에 내뱉으면 바람이 된다. 그날이 오면 바람의 날개를 타고 다툼도 아픔도 없는 곳을 찾아 땅끝까지 떠돌아 다녀보리라.

월류

텃밭에 물 대려고 호스를 끌어놓고 꼭지를 틀자
콸콸 이랑 따라 물이 흐른다
흐르던 물줄기가 움푹 패인 구덩이에서 멈춘다
그 구덩이를 기어이 다 채우고 나서야
넘쳐흘러 목마른 밭을 적셔나간다

사랑을 갈구하고 진리를 추구했으나
이 가슴에서는 무엇이 세상으로 넘쳐 흘렀나
아직도 욕망의 구덩이를 더 깊게 파고 있는 무익한 이생아
가난한 사람이 저보다 더 가난한 사람을 돕고
눈물을 흘리며 다른 이의 눈물을 닦아주는 사람들은
내면에 사랑이 넘쳐흐른 것이었어

이 메마른 가슴을 먼저 채워야 해
나를 채우므로 나 먼저 아름다워져
세상 무수한 꽃 중에 비로소 한 송이 꽃이 되리니

봉우리 속에 머금은 걸 더는 가둘 수 없어
넘쳐흐른 그것이
온 거리에 흩날리는 향기 되는 것처럼
내 혼에 가득 차면 흘러넘치겠지

아픈 나보다 더 아픈 누군가에게로

아들아! 가을 산을 오르자

아들아 새벽을 깨워라
옷매무새 단단히 챙겨 에우고
신발 끈을 힘껏 동여매어라
찬 이슬 젖어지는 수풀과 외로운 오솔길을 지나
붉고 노오란 산에 오르자

서둘지 말아라
뛰어서 저만큼 먼저 갈 순 있어도
다 가지는 못하노니
머언 먼 길 가려거든 뚜벅뚜벅 걸어가자

빽빽한 숲을 헤치며
지치고 숨이 차도 참고 오르자
넘어져 생채기가 생기고 가시에도 찔리리라
우리의 삶도 그러하지 아니하냐
견딤 없이 사는 삶이 어디 있으랴

저 나무에 빠알간 열매를 보렴
억센 바람 모진 시간 참아 낸 열매를
우리의 오늘도 저와 같지 아니하냐
흘려보낸 지난날의 열매를 따 먹으며 살아가는 때문이지

아들아 숨이 차구나
나는 예서 쉴 테니 너만 갔다 오거라
영(嶺)마루에 오르거든 홀로 선 나무를 바라보아라

홀로 선 그 나무가 불어오는 바람을
비켜 낼 수 없으니 넘어지지 아니하려
제 스스로 깊이깊이 뿌리를 내렸으리
살다 보면 눈물비에 노대바람 불어와도
마음 뿌리 깊으면 쓰러지지 않는단다

내려가는 길이 쓸쓸하지 아니하냐
내려가는 길이 더 힘들지 아니하냐
우리의 인생도 그러할진대
아들아 지친 내 손을 잡아다오

저 자신도 어려우면서 더 어렵고 힘든 사람들을 위해 봉사하고 희생하는 사람들을 보면 그 가슴에 사랑이 가득 차 있다는 걸 알게 된다. 흐르는 물이 웅덩이를 먼저 채우고서 흘러넘쳐 주변을 적셔가듯 가슴에 가득한 사랑이 세상으로 흘러넘치는 것이다. 누군가에게 도움이 되지 않고 자신의 욕심만을 채우며 사는 삶이 가장 가치 없고 무익한 삶이 아닐까?

가을이 무르익는 주말 아침, 징징대는 아들을 깨워 인적 드문 호젓한 가을 산을 올랐다. 아직 어린 아들에게 산을 오르며 말해 주고 싶었다. 뛰어서 저만큼 먼저 갈 순 있어도 다 가지 못하노니 머언 먼 길 가려거든 뚜벅뚜벅 걸어가야 한다는 걸, 지치고 숨이 차고 더러 넘어져 생채기가 생기고 가시에도 찔리겠지만 우리의 삶도 견딤 없이 사는 삶이 없다는 걸, 억센 바람 모진 시간 참아 내며 맺힌 빠알간 열매처럼 우리의 오늘도 흘려보낸 지난날의 열매를 따 먹으며 살아간다는 걸, 뿌리 깊은 나무가 쓰러지지 않는 것처럼 살다가 어려움이 닥쳐와 눈물비에 노대바람 불어와도 마음 뿌리 깊으면 쓰러지지 않는다는 걸 말해 주고 싶었다.

아들아 가을 산을 오르자

사랑결산서

당신과 나 사이에 사랑을 빼면 무엇이 남을까 라고 묻자
남이 된다 했다 나는 한참을 생각하다 무(無)가 된다 했다

셈하듯 삶에서 사랑을 빼보았다
세상에 대하여, 자식과 친구들, 나 자신에 대한 사랑까지
그러자 사람들이 없어지고, 눈물은 마르고, 희망이 사라지고,
모든 가치가 없어지고, 존재조차 지워져 나는 없어지고 말았다

사랑하는 사람들은 사랑을 지속하며 살고
사랑을 잃은 사람은 사랑했던 추억으로 산다
산다는 건 사랑하는 일이다
사랑을 빼버린 삶의 계산서에 답을 이렇게 적었다
허허공공 아무것도 없다

폐원

오래전에 있었던 나무 지금도 푸르다
산은 여전히 높고 이끼 덮인 바위는 무변한데
아무도 없다 모두 다 떠나고 없다
잡초 무성한 교정 허물어져 가는 폐가에
뻐꾸기 우는 소리 처량한데
녹음 짙은 산기슭엔 봉분이 늘어
피어난 꽃잎 사이로 나비만 나풀거린다
사라지리라 다 모두 다
몇십 년 후면 나와 함께 한 시대를 살아온 모든 사람
한 백 년 후에는 지금 이 지상에 존재하는 모든 사람이
다 사라지리라
그때에도 저 산은 높고
나무들은 푸르고 강물은 고고히 흐르리
영구의 세월에 필멸의 생이여
만물은 모두 스스로 자족한데
섭리를 아는 사람만이 무상하다

사
랑
결
산
서

당신은 나의 전부라고 고백한 적 있었다. 당신을 사랑했으
므로. 당신과 나 사이에 사랑이 없으면 남이 된다. 그러면
전부가 없어지는 것이니 나는 아무것도 없는 무(無)가 된
다. 우리는 사랑해서 아파하고 눈물도 흘리지만 사랑함으
로 참고, 희생하고, 위로받고, 기뻐하며 살아간다. 사람은
혼자 살 수 없는 관계의 동물이므로 모든 의미와 가치는
결국 사랑에서 파생된다. 그러므로 삶에서 사랑을 빼면 모
든 의미는 상실되고 만다. 하여 사랑이 없으면 아무것도
없다.

어느 시골 오지에 동화 속에나 나올듯한 아름다운 작은 학교가 하나 있었다. 수십 년 만에 우연히 그 근처를 지나가다 문득 생각이 나 들렀다. 그러나 학교는 오래전 폐교가 되어 외관만 흉물스럽게 남아 있었고, 근처 마을은 사람들이 다 떠나고 금방이라도 무너질 것 같은 폐가만 몇 채 서 있었다. 어릴 적 아름다웠던 모습을 상상하며 들렀는데 그 황량한 풍경을 보고 서 있으니 온몸이 저리도록 밀려드는 허무하고 공허한 마음이란 이루 말할 수가 없었다. 그래, 모두 사라지겠지. 몇십 년 후면 나와 함께 한 시대를 살아온 모든 사람, 그리고 백 년 후에는 지금 이 지상에 존재하는 모든 사람이 다 사라지고 새로운 시대의 사람들로 번성하겠지. 영구의 세월에 필멸의 생이여! 차라리 한 마리 짐승이었다면 그저 자연의 순리와 법칙대로 살아갈 것을, 지식이 있고 섭리를 아는 인간만이 무상하다.

일생

바람도 일지 않는데 잡은 손 풀어져
낙엽이 툭툭 지는 어느 묘비에
1961~2006년이라는 글로 한 생이 기록되어 있다

내 일생 중에
편도행 시간 열차는 나를 싣고
지금은 어느 고개를 넘고 있는 걸까
1966~?
물결표 뒤에 물음표로 남겨진
그때는 언제가 될까 얼마나 남았을까

눈을 뜬 채로 밤을 지새워도 세월은 간다
일생은 살아있는 시간들의 합이며
삶은 시간이라는 구동체에 예속된 피동체이므로
모든 시간은 생명의 한 조각들이다

그러니
더 열렬히 살아가자
더 많이 사랑하며 떨어진 낟알 줍듯
매 순간들을 살뜰히 살아가자

긴 날숨 몰아쉬며 생은 기어이
종착역에 이를 텐데 이르고 말 텐데
남겨진 하루하루 맞이하는 새날들을
매만지고 보듬으며
아프면 아픈 그것마저 고이 받아내며
살아가자 살아내자며 두 손을 꼭 모은다
머언 먼 하늘 우러른다

일
생

존재를 규정짓는 물리적인 절대 인자는 시간이다. 생명은
한시적이며 죽음은 영원하다. 산다는 것은 시간을 영위하
는 것으로 살아있는 매 순간의 시간은 생명의 한 조각인
셈이다. 시간의 흐름과 함께 살아야 할 날도 조금씩 줄어
든다. 그러나 묘비에 적힐 물결표 뒤의 물음표(1966 ~ ?)
가 언제일지는 아무도 알지 못한다. 그러니 생명의 한 조
각들인 이 소중한 시간을 더 열렬히 더 사랑하며 살뜰히
살아야 한다. 아프면 아픈 그것마저 고이 받아내며 말이
다.

시를 왜 쓰냐고 누군가 내게 묻는다면 '산악인이 높고 험한 산을
왜 힘들게 오르느냐고? 산이 거기 있기에 오른다.'고 했듯, 다난
하지만 그래도 부둥켜안고 가야만 하는 삶이 여기 있기에 시를 쓴
다고 말하겠다. 시가 내리꽂히는 영감을 받아 불꽃처럼 창작의 번
뜩임에 의해 일필휘지로 써진다면 얼마나 좋으랴. 그러나 어떤 소
재를 대상으로 하던 시는 결국 인간에게로 귀결되므로 나는 삶을
반추하며 가슴에 알알이 맺히는 내면의 소리를 시로 옮겼다.

　　　새 한 무리 비켜 날아가는 바위 절벽에
　　　까치발로 선 나무 시리도록 푸르다

　　　어떻게 버티었나
　　　한겨울 내내 할퀴던 칼바람을

어찌 참아 내었나
가물던 염천에 타는 갈증을
무슨 내력 있어 부러지지 않았나
거목도 쓰러뜨린 그 여름의 태풍을

무엇으로 캄캄한 바위틈 파고들어
굳건히 돌부리 붙잡고 있나
아프지 않았었나

깎아지른 절벽에서
하늘 향해 올곧게 서려
제 허리를 비틀 때

처음, 씨앗이 발아하여
여린 작은 뿌리가 바위를
움켜잡았을 때 척박한 자리
한탄할 겨를도 없이
이 악물고 살아 내었으리니
너는 숙명에 충실하였구나

너를 보니 알겠다
역경 속에 핀 꽃이 아름다운 이유를
추레한 절벽을 비경으로 만들어 낸
가늠할 수 없는 가치를

-차사, 전문-

이 지역에 사시사철 많은 사람이 찾는 꽤 유명한 고찰이 있다. 그 고찰 뒤에는 절벽이 병풍처럼 휘둘러져 있는데 바위틈새마다 자라는 나무들과 어울린 풍경이 장관이다. 물도 없고 흙도 없고 칼바람 몰아치는 저 척박한 자리에서 나무는 어찌 살아내었을까? '초솔한 바위만 있었다면 정말 볼품없었을 텐데 저 나무들이 아름다운 풍경을 연출하여 이곳을 명소로 만들어 놓았구나. 이 넓은 산천에 왜 하필이면 이리 험난한 자리에 떨어뜨려 놓았나.'라며 바람에게도 살아야 할 가혹한 숙명의 자리도 원망하지 아니하고 충실히 살아내어 비경으로 바꾸어 놓았으니 어찌 찬사를 받아 마땅하지 않으랴! 저 나무처럼 살자, 나도 저리 살아내자.

텃밭에 물 대려고 호스를 끌어놓고 꼭지를 틀자
콸콸 이랑 따라 물이 흐른다
흐르던 물줄기가 움푹 패인 구덩이에서 멈춘다
그 구덩이를 기어이 다 채우고 나서야
넘쳐흘러 목마른 밭을 적셔나간다

사랑을 갈구하고 진리를 추구했으나
이 가슴에서는 무엇이 세상으로 넘쳐 흘렀나
아직도 욕망의 구덩이를 더 깊게 파고 있는 무익한 이생
아

가난한 사람이 저보다 더 가난한 사람을 돕고
눈물을 흘리며 다른 이의 눈물을 닦아주는 사람들은

내면에 사랑이 넘쳐흐른 것이었어

이 메마른 가슴을 먼저 채워야 해

나를 채우므로 나 먼저 아름다워져

세상 무수한 꽃 중에 비로소 한 송이 꽃이 되리니

봉우리 속에 머금은 걸 더는 가둘 수 없어

넘쳐흐른 그것이

온 거리에 흩날리는 향기 되는 것처럼

내 혼에 가득 차면 흘러넘치겠지

아픈 나보다 더 아픈 누군가에게로

- 월류, 전문-

월류란 방파제나 물막이 둑에서 물이 넘쳐흐르는 현상을 말하는
것으로 토목용어다. 저수지나 웅덩이는 저 자신이 먼저 채워져야
물이 흘러넘친다. 나는 세상을 사랑하고 봉사하고 어려운 사람을
돕는 것을 도덕이나 윤리적 의무로 생각했다. 그리고 쓰고 남은 것
을 나누면서 스스로 훌륭하다고 자위했다. 그런데 말이다. 자신의
삶을 전부 내던져 봉사와 희생으로 살아가는 사람들이 있다. 저 자
신도 매우 부족하면서 저보다 더 가난하고 힘든 사람을 돕는 사람
이 있다. 저도 아프면서 저보다 더 아픈 사람을 보듬으며 살아가는
사람들이 있다. 어떻게 그리 살 수 있을까? 그건 가슴속에 사랑이
가득했기 때문이었다. 가득한 그 사랑이 흘러넘쳐 나눔과 봉사, 자
기희생으로 발현되어 삭막한 세상을 적시고 있던 것이다.

흐드러진 복사꽃
올망졸망 진달래
첫사랑 머릿결 같은 홑보들한 바람

벚꽃잎이 보오얗게 날리는 길을
나는
꽃비를 맞으며
꽃길을 걸으며
천상의 귀빈이 된다

오! 나는 해마다
봄의 연인이 되어
봄과 열애에 빠져드노라

- 춘애春愛, 전문 -

'봄과 열애에 빠지다'를 달리 표현할 길 없어 〈춘애春愛〉라고 제목을 붙였다. 터널처럼 우거진 난만한 벚꽃 나무 아래로 걸어가 본적 있는가? 바람이 스쳐 갈 때마다 우수수 떨어지는 꽃잎들이 진눈깨비처럼 흩날리는 꽃비를 꼭 한번 맞아보라. 마치 영화의 한 장면처럼 천상에서 천사들이 길옆에 도열해 레드카펫 대신 꽃잎을 뿌려주는 것 같은 귀빈이 된 느낌이 들 것이다.

우리는 온 우주에 오직 하나밖에 없는 존재들이므로 이 세상에 와서 존재하는 것만으로도 이미 귀빈이 아닐까. 우리 모두 자신을 사랑하자. 그리고 귀빈처럼 살자. 우리는 생각하는 대로의 그 무엇이 된다. 사람은 '나는 이런 사람이다'라고 생각하면 결국 그런 사람이 된다. 일생 아무리 의지력을 발동하더라도 그 범위를 넘어설 수 없다. 끝까지 읽어주신 독자 여러분께 무한 감사드린다.

삶이 꼭 그랬다

초판 1쇄 2018년 5월 4일

지은이 | 이철우

펴낸곳 | 싱글북스
발행인 | 문선영
주 소 | 서울특별시 중구 을지로 14길 20, 5층 출판그룹 한국전자도서출판
홈페이지 | www.koreaebooks.com / www.singlebooks.co.kr
이메일 | contact@koreaebooks.com
전 화 | 1600-2591
팩 스 | 0507-517-0001
원고투고 | edit@koreaebooks.com
출판등록 | 제 2017-000078호

ISBN 979-11-961544-2-4 (03810)